¡A COMER CON CUCHARA!

Guía para comenzar la alimentación con sólidos en bebés mayores de 6 meses

Dr. Ricardo Tejeda

Cuidados chiquitos
Consulta Pediátrica

ola
PUBLISHING INTERNACIONAL

Hola Publishing Internacional
Eugenio Sue 79, int. 4, 11550
Ciudad de México

Primera edición, Enero 2023
Impreso en los Estados Unidos de América
ISBN: 978-1-63765-339-5

Contenido

Introducción

Una adecuada nutrición durante la etapa neonatal y la infancia es esencial para asegurar el crecimiento, salud y desarrollo de los niños hasta que lleguen a su máximo potencial. Es bien conocido en todo el mundo que la lactancia trae beneficios para la madre y el bebé, ya que se considera la mejor fuente de nutrición en esta etapa.

La Organización Mundial de la Salud (OMS) recomienda que los bebes sean alimentados exclusivamente con el seno materno por los primeros 6 meses de vida, seguido de seno materno con alimentos complementarios por hasta 2 años de vida o más. La lactancia exclusiva puede definirse como la practica por la cual los lactantes reciben sólo leche materna, sin otro tipo de leche, líquidos, tés, preparados herbales o alimentos por los primeros 6 meses. Muchas madres optan por sustitutos de leche materna (fórmulas infantiles) porque necesitan regresar a trabajar o porque tienen la percepción de producir insuficiente leche.

Existe una creciente preocupación por el sobrepeso y la obesidad en la infancia, por lo que los esfuerzos de los padres van encaminados a lograr una salud y bienestar óptimos en los primeros meses de vida de sus hijos, y no existe mejor opción para esto que la lactancia materna.

La composición de la leche materna es única en su estructura y tipos y concentraciones de proteínas, lípidos, carbohidratos, vitaminas, minerales, enzimas, hormonas, factores de crecimiento, factores de resistencia microbiana, inductores y moduladores del sistema inmune y agentes antiinflamatorios. Además, se sabe que existen variaciones en la composición de la leche de madre a madre, de un día a otro, durante el mismo día y la misma tetada, lo que la vuelve superior a cualquier sustituto de leche existente actualmente y la mantiene como el alimento ideal para el bebé durante los primeros meses.

Cuando la lactancia materna o alimentación con formula infantil deja de satisfacer los requerimientos nutricionales para mantener el crecimiento y desarrollo, deben introducirse los alimentos sólidos. A este proceso se le conoce como ablactación (alimentación complementaria).

Algunas recomendaciones actuales sobre la edad de inicio de alimentación complementaria muestran discrepancias entre los 4 y los 6 meses para comenzar a ofrecer alimentos, sin embargo, la evidencia demuestra que, después de los 6 meses, cuanto más se retrase la introducción de alimentos, más riesgos puede haber de padecer consecuencias perjudiciales en los bebés.

De acuerdo con las recomendaciones de la OMS, la edad considerada como la apropiada para la introducción de alimentos es alrededor de los 6 meses de vida, ya que para cuando se cumple esta edad se tienen conexiones neuromusculares de boca y lengua suficientes para permitirles morder y deglutir a los bebés, además de contar con la madurez gastrointestinal y renal necesarias para nuevos alimentos y líquidos.

El tiempo en que se ofrece el primer alimento sólido puede tener efectos en la salud a largo plazo. Se ha demostrado que ofrecer alimentos demasiado pronto (antes de los 4 meses) conlleva un riesgo aumentado de enfermedades crónicas, como diabetes tipo 1, obesidad, enfermedad celiaca y eczema. A su vez, ofrecerlos demasiado tarde (más allá de los 6 meses) puede provocar deficiencias de zinc, proteicas, de hierro y vitaminas B y D que pueden causar supresión del crecimiento y problemas motrices relacionados con la alimentación.

Por todo esto, la UNICEF, la OMS y muchos profesionales de la salud recomiendan a las madres y padres seguir alguna guía que sea apropiada para el inicio de la alimentación complementaria en sus bebés.

¿Cuándo comenzar a ofrecer sólidos?

La leche de mamá provee todos los nutrientes que un bebé necesita hasta los 6 meses. Lactancia exclusiva significa no ofrecer a un bebé otro tipo de leche o líquidos por los primeros 6 meses. Las fórmulas lácteas son un sustituto para la leche materna que se utilizan cuando la madre no puede amamantar. Se recomienda que continúe alimentación al pecho en conjunto con una dieta saludable hasta los 2 años o más allá, si la madre lo desea.

Cunado un bebé está listo para los sólidos, y la alimentación con cuchara, estos deben introducirse a su dieta a los 6 meses, si ha sido alimentado exclusivamente con el seno materno, o entre el cuarto y sexto mes, si se alimentó con fórmula.

La introducción temprana de otros alimentos (antes de los 4 meses de vida) no se recomienda, esto incluye alimentos diseñados para bebés, como el arroz o la avena.

Recuerda que un bebé puede decidir por sí mismo cuánta comida necesita, así que, cuando se le alimente, se trata de no forzar el alimento hasta vaciar el plato.

Los primeros alimentos del bebé

Los primeros alimentos deben ser de tipo puré, de consistencia suave y semilíquida y sin grumos.

- Introduce un alimento nuevo a la vez.
- Primeros alimentos adecuados: arroz y purés de verduras y frutas.

Permite a tu bebé acostumbrarse a un alimento antes de pasar al siguiente; comenzará comiendo el equivalente a una cucharada en todo el día e incrementará gradualmente la cantidad que ingiere al día.

¿Cómo empezar?

- Asegúrate de tener tiempo de sobra.
- Elige un horario en que tu bebé no esté demasiado hambriento.

- La mejor manera para que tu bebé aprenda a tomar la comida es de una cuchara. Introduce la cucharilla en la boca de tu bebé gradualmente para que pueda chupar el alimento en ella.

- Ofrece primero el alimento y después continúa con el seno materno o fórmula láctea.

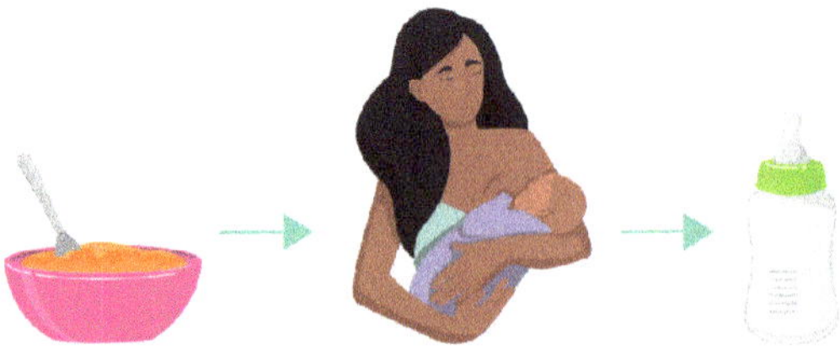

TIPS

Nunca agregues pan, cereales u otros alimentos al biberón de un bebé. Esto vuelve la leche muy espesa y puede ser peligroso para los bebés.

Los bebés deben aprender a deglutir el alimento. Al principio, un bebé parece escupir la comida, esto no significa que no le guste, es sólo que apenas se está acostumbrando a la textura. Ofrécele a tu bebé alimentos suaves, semilíquidos y sin grumos (papillas o sopas). Recuerda: si tu bebé aún se alimenta completamente de leche, puede que rechace el alimento, pues está lleno.

NOTA: EL APETITO DE LOS BEBÉS PUEDE VARIAR. COMIENZA CON 1-2 CUCHARADITAS DE COMIDA Y AUMENTA LA CANTIDAD POCO A POCO. RECUERDA INCLUIR PAPILLAS DE RES O POLLO EN LA DIETA DE UN BEBÉ.

Bebidas para un bebé

Conforme un bebé aumente su ingesta de alimentos sólidos tendrá menor necesidad de leche. Si un bebé se llena con leche, puede que no coma sólidos después.

- Los bebés alimentados exclusivamente con el seno materno sólo deberán tomar pecho hasta el sexto mes.

- Los bebés podrán tomar fórmula láctea a partir del cuarto mes.
- El jugo de frutas no deberá ofrecerse en lugar de la leche, ya sea en biberón o a la hora de dormir. Pequeñas cantidades de jugo de fruta sin endulzar y bien diluido (diluir 1 medida de jugo con 4 o 5 medidas de agua hervida) podrán ofrecerse en una taza, con la comida o bocadillos, a partir del sexto mes.

- Los tés, jugos (industrializados) y refrescos no son adecuados para los niños.

TIPS

Tu bebé necesita aprender a beber de un vasito entrenador o taza en lugar del biberón. Se aconseja usar vasito entrenador con dos agarraderas y sin tapa. Comienza a alentar el uso del vasito entrenador desde los 6 meses para promover el aprendizaje de la deglución. Para el primer año cumplido, tu bebé deberá beber solamente del vaso entrenador y no del biberón, y de preferencia no llevarlo a la cama para dormir.

Recuerda

La leche de vaca no es apropiada como bebida principal para niños menores de 1 año; se puede agregar pequeñas cantidades para humedecer los sólidos que come un bebé a partir del sexto mes.

A partir del sexto mes de vida es necesario incorporar nuevos alimentos que aseguren el buen desarrollo y salud de un bebé. Si conseguimos que un bebé adquiera hábitos alimenticios saludables le estaremos ayudando a llevar una dieta saludable en el futuro.

Es normal tener dudas con la introducción de los alimentos...

¿Cuándo empiezo?, ¿qué cantidad?, ¿a qué hora?, ¿y si no quiere?

Como se los habrán dicho, la introducción de alimentos debe hacerse de manera lenta y suave, no hay prisa. A esta edad el alimento principal de un bebé es y debe ser la leche (materna o de fórmula). Debemos ofrecer la comida a un bebé, pero nunca forzar el alimento; cada bebé tiene su propio ritmo.

Cuando se han introducido papillas de frutas y verduras (6 meses), los bebés deberían tener el siguiente esquema de alimentación (esta tabla es orientativa y cada familia debe adaptarla a sus horarios):

8-9 am	Desayuno	Leche materna o biberón
11-12 pm	Media mañana	Leche materna o biberón
12-13 pm	Comida	Papillas de verduras
16-17 pm	Merienda	Papilla de frutas
20-21 pm	Cena	Leche materna o biberón
La lactancia materna debe seguir siendo a demanda.		

Cuando ya se han incorporado los cereales y la carne, el esquema queda de la siguiente manera (7 meses aproximadamente):

8-9 am	Desayuno	Leche materna o biberón
11-12 pm	Media mañana	Leche materna o biberón
12-13 pm	Comida	Papillas de verduras
16-17 pm	Merienda	Papilla de frutas
20-21 pm	Cena	Leche materna o biberón
La lactancia materna debe seguir siendo a demanda.		

Esto es un ejemplo de un menú diario para un bebé de 7-8 meses una vez que se hayan introducido verduras y carne (este esquema es sólo orientativo, ya que algunos bebés comen más que otros y varían mucho de un mes a otro, por tanto, no nos debemos preocupar si el nuestro no se ajusta a este patrón):

Desayuno	Papilla de cereales
Media mañana	Papillas de frutas
Comida	Puré de verdura con carne
Merienda	Papilla de fruta
Cena	Papilla de cereales

¿Cómo preparar papillas de cereales?

A partir de los 6 meses un bebé ya está preparado para la incorporación de cereales o papillas infantiles. Lo mejor es incorporarlo en forma de papilla con cuchara una vez que pierda el reflejo de extrusión, es decir, una vez que sea capaz de tragar una cucharadita sin expulsarla con la lengua. Por otro lado, el bebé controlará mejor cuándo está saciado y nos lo hará saber cerrando la boca o girando la cabeza.

Los podemos preparar con leche materna o leche de fórmula que esté tomando el bebé. La introducción se debe hacer lentamente; primero una cucharada, que iremos aumentando gradualmente para que el bebé se acostumbre al cambio de textura (de líquido a menos líquido) poco a poco. Siempre que se introduzca un nuevo alimento al bebé deberá hacerse con lentitud y gentileza. La cantidad recomendada es de unos 200 ml, pero no es una norma, es una recomendación, y ésta variará en cada bebé; tanto si toma 100 ml o 250 ml es normal. Es muy importante no forzarlo, ya que cuando un bebé dé muestras de estar saciado no hay que darle más. Si, por el contrario, se lo acaba, podremos incrementar la ración.

¿Cómo preparar papillas de frutas?

La papilla de frutas es una de las primeras que se empiezan a ofrecer a los bebés. A partir de los 6 meses, si un bebé toma lactancia materna exclusiva, y entre los 4 a 6 meses si toma leche de fórmula, ya podemos ofrecerle fruta.

Para empezar, podemos triturar 1 o 2 onzas de leche (materna o de fórmula) más 1 o 2 porciones de pera o manzana. La leche puede calentarse un poquito. Si no les gusta, le podemos añadir 1-2 cucharaditas de cereal. Nunca añadiremos azúcar, galletas o miel. Toda la fruta deberá prepararse sin piel ni semillas.

Cuando lleve un par de días aceptando la papilla de pera y manzana podemos añadir plátano. Si el bebé se acaba la papilla iremos incrementando hasta los 250 ml (90-100 ml serán de leche). Recuerda que la alimentación complementaria es "complementaria" a la leche y no al revés. Un bebé decide cuándo ya no quiere más, y cuando gire la cara o cierre la boca, paramos.

Recordemos que la fruta es menos nutritiva que la leche, así que mientras lleguen a los 500 ml de leche diarios, como mínimo, no debemos preocuparnos, ya que a esta edad la leche debe seguir siendo su alimento principal.

En cuanto a los tipos de frutas más recomendables, antes se recomendaba retrasar la introducción de frutas rojas, cítricos, duraznos, kiwi o fresa por ser más alergénicos que otras, pero las últimas recomendaciones lo contradicen, ya que se cree que pequeñas porciones pueden evitar el riesgo de alergias en el futuro. No obstante, siempre es bueno recordar que hay que hacer la introducción de cada alimento de uno en uno, dejando pasar varios días entre ellos para observar posibles reacciones alérgicas.

¿Cómo preparar papillas de verduras?

Las verduras pueden introducirse mediante el mismo sistema que las frutas, con una base de leche.

Podemos poner 100 g de patata y 50 g de chícharo o ejote verde hervidas en agua, sin sal o al vapor, triturándolas en 100 ml de leche. A esta papilla le incorporaremos 3-5 g de aceite de oliva virgen. Se puede hacer más líquida agregándole leche o más espesa poniendo una cucharadita de cereales.

Cuando el bebé lleve 3-4 días aceptándola sin problema podemos introducir otras verduras: calabacita, brócoli, calabaza, zanahoria, camote. El volumen total será de unos 250 ml de puré.

Es conveniente hacer diferentes combinaciones de verduras para que el bebé se acostumbre a una variedad de sabores.

Preparación del alimento para un bebé

Al preparar los alimentos en casa se tiene el control total sobre lo que come un bebé. Es bueno que el bebé se acostumbre a comer comidas preparadas en casa desde una edad temprana. Los alimentos que se preparan son más baratos que las latas o frascos de papilla de marcas comerciales.

TIPS

Cuando se preparen alimentos para toda la familia hay que asegurarse de retirar la porción del bebé antes de agregar condimentos (sal, picante, etc.). Se puede preparar una reserva de alimentos para un bebé y congelarlos para utilizarlos después. También es posible congelar pequeñas porciones en la rejilla para hielos del congelador.

Para reblandecer la comida de un bebé puedes usar:

- Leche de mama o fórmula.

- Agua natural hervida.
- Leche de vaca solo después del sexto mes.

- Evitar cubos de condimentos y salsas enlatadas y en sobrecitos, ya que pueden contener mucha sal.

¿Comidas (papillas) comerciales?

- Pueden ser costosas.

- Útiles cuando se está de viaje o lejos de casa.
- Escoger alimentos nutritivos en lugar de postres azucarados y natillas, que pueden contener mucha azúcar.

- Tratar de no utilizarlas todos los días.

10 puntos principales para ayudar a preparar papillas adecuadamente:

1. Al preparar las papillas, elegir frutas o verduras frescas para que tengan buen sabor.
2. Los utensilios que se usen para preparar las papillas deben ser exclusivos para esto y mantenerse limpios.
3. Desinfectar siempre frutas y verduras. Procurar coserlas con agua suficiente.
4. Hacer las primeras papillas de un bebé usando verduras como chayote, zanahoria y calabaza, o frutas como manzana, pera, plátano y durazno.
5. Al usar pollo y carne, emplear el caldo para preparar estas papillas.
6. Una vez que se tengan las papillas, usar un colador para eliminar los restos que un bebé no puede comer.
7. No usar sal, azúcar, limón ni otros condimentos para que el bebé experimente los sabores al natural.
8. Lo mejor es cocinar porciones pequeñas para que un bebé coma lo más fresco posible.
9. Si se guardan las papillas en el refrigerador hay que calentarlas, pero no se deben dar a un bebé antes de medir su temperatura para evitar quemaduras.
10. Calentar las papillas a baño maría o al vapor. Evitar el microondas para que no pierdan sus propiedades.

Etapa 1

Introducción de Alimentos a Cucharaditas

Alimentos adecuados	Papillas de carne, chícharo o frijol. Papillas de vegetales y frutas. Cereales comerciales sin gluten (ejemplo: cereal de arroz). Papillas preparadas con leche materna, fórmula, agua hervida o agua de la cocción de vegetales.
Consistencia	Papilla o sopas de consistencia suave sin grumos. Hay que comenzar con papillas semilíquidas y hacerlas más espesas a medida que el bebé aprenda a tomar el alimento de la cuchara.
Bebidas adecuadas	Leche de mamá. Fórmula láctea. Agua hervida (sólo si es necesario).
Alimentos por evitar	Alimentos que contienen gluten (ejemplo: pan, pasta, trigo, centeno, avena o cereales en general). Leche de vaca, yogures, quesos. Semillas, nueces y productos de cacahuate. Huevo.

Alimentos por evitar hasta el sexto mes

- Alimentos con gluten (trigo, centeno, cebada, avena). Algunos bebés pueden desarrollar alergia al gluten si lo consumen antes de los 6 meses.
- Huevo.
- Sal o azúcar.
- Nueces y granos enteros sólo hasta que el bebé tenga de 3 a 4 años, esto por el peligro de atragantamiento.
- Se recomienda que los niños con historia familiar de asma, eczema, fiebre del heno o alergias alimentarias eviten el cacahuate y sus derivados hasta los 3 años. En algunos casos se recomienda a las madres que eviten este producto mientras estén amamantando.

Evitar hasta los 6 meses:

Etapa 2

Después de los 6 meses

Los bebés que comienzan ablactación al 6o mes deben avanzar rápidamente de la etapa 1 – papillas a triturados, grumosos y trocitos.

Alimentos adecuado	Alimentos como en la Etapa 1, pero ahora pueden incluir huevo bien cocinado. Cereales en general (ya con gluten). Pan y pasta. Quesos (pasteurizados), incluyendo yogures. Leche de vaca pasteurizada en pequeñas cantidades con las comidas.
Consistencia	Molida o triturada, consistencia más espesa y grumosa.
Bebidas adecuadas	Continúa con leche de mamá o fórmula. Agua hervida si es necesario. Jugo de frutas bien diluido y sin endulzar (diluye 1 medida de jugo con 4 de agua hervida).
Alimentos por evitar	Nueces y cacahuates enteros. Productos lácteos no pasteurizados. Huevo crudo o a media cocción.

TIPS

Anima la masticación mediante alimentos con más grumos y trocitos durante la hora de comida. Un bebé también disfrutará alimentos en tiras para morder y masticar, por ejemplo, rebanadas de manzana pelada, plátano, tiras de pan tostado, palitos de zanahoria y cubos de queso. No dejes a tu bebé solo por si se atraganta.

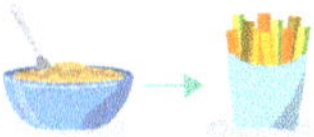

- No es buena idea ofrecer purés suaves por mucho tiempo, ya que un bebé puede no avanzar en el desarrollo de la masticación. La transición se hace más fácil añadiendo un poco de alimentos machacados o rayados en los purés habituales.
- Trata de ofrecer bebidas como leche de mamá, fórmula o agua en una tacita sin tapa desde los 6 meses.
- Puedes agregar a la dieta de tu bebé yogur o queso fresco cremoso.
- En algunas comidas se puede ofrecer jugo sin endulzar y a media dilución.
- Agregar una amplia variedad de alimentos nuevos (ver recetas anexas).

Nota sobre suplementación de hierro

Los bebés nacen con reservas de hierro que comienzan a acabarse alrededor del sexto mes. Es de suma importancia asegurar que los bebés obtengan suficiente hierro de sus dietas para un crecimiento y desarrollo saludables. Se deben incluir alimentos ricos en hierro, como carne magra, cereales, frijoles y vegetales verdes, en la dieta de un bebé.

Etapa 3
De los 9 a los 12 meses

Alimentos adecuado	Aumentar la variedad de alimentos en la dieta de un bebé. En esta etapa la mayoría de los alimentos son adecuados.
Consistencia	De molido a trozos del tamaño de bocados. Sirve algunos alimentos de tamaño pequeño que puedan ser sujetados directamente para llevar a la boca.
Bebidas adecuadas	Continuar con leche de mamá o fórmula. Agua hervida, si es necesario. Jugo de frutas bien diluido y sin endulzar (diluir 1 medida de jugo con 4 de agua hervida).
Alimentos por evitar	Nueces y cacahuates enteros. Productos lácteos no pasteurizados. Huevo crudo o a media cocción.

Los dientitos del bebé:

- Los bocadillos azucarados, así como los dulces, chocolates o panecillos, pueden dañar los dientes de los niños.
- La ingesta frecuente de jugo de frutas, bebidas frutales, papillas o gaseosas, entre las comidas, causará caries y erosión de los dientes.
- Hay que tratar de limitar alimentos azucarados a los tiempos de comidas. Se deben escoger bebidas sin endulzantes artificiales y diluirlas bien. La leche y el agua natural son las bebidas más amigables para los dientes de los bebés.

- Los jugos de frutas no deben endulzarse, deben diluirse con agua (1 por cada 4 a 5 partes de agua natural) y sólo darse en pequeñas cantidades durante las comidas con una taza.
- Los dientes deben limpiarse gentilmente, desde que aparecen, con un cepillo suave y agua.
- La pasta dental fluorada no es adecuada para pequeños menores de 2 años. Después de los dos años, la cantidad a usar debe ser igual a un chícharo por cada cepillado de dientes.

A partir del primer año

- Para el primer año, tu bebé deberá ser capaz de comer la mayoría de los alimentos que consume el resto de la familia.

- Alienta a tus hijos a consumir una gran variedad de alimentos, con distintos sabores y texturas.

- Se sugiere hacer comidas pequeñas, pero a intervalos regulares. Algunos niños pueden necesitar snacks entre comidas, tales como yogurts, fruta o pan.

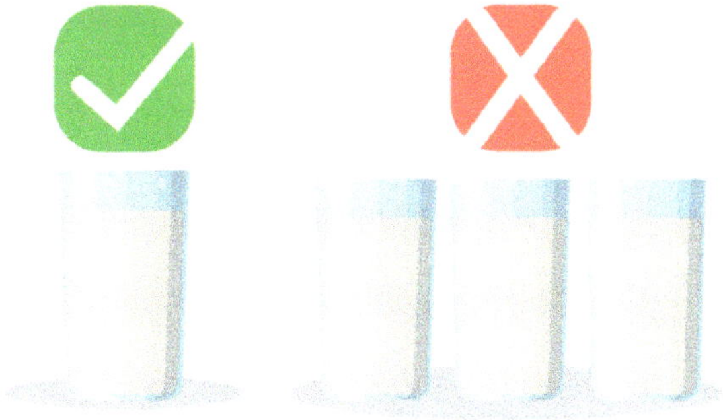

- Los pequeños deben ser motivados a tomar al menos 1 vaso de leche entera de vaca al día. Beber más puede afectar la cantidad de alimento que consumen.

- Leche baja en grasas no debe ser consumida por niños menores de 2 años, ni la leche descremada debe consumirse antes de los 5 años.

- En esta etapa, todas las bebidas deben ser ingeridas en taza o en vaso y no en biberón.

- Evita darles dulces, chocolates u otros alimentos azucarados. Dañan los dientes, en especial si se ingieren frecuentemente, no deben sustituir a alimentos más nutritivos.

- No le ofrezcas nueces o cacahuates enteros hasta que tenga al menos 5 años, por el riesgo de ahogamiento.

- Recuerda que estás construyendo los cimientos para una alimentación saludable de por vida.

- Vuelve las comidas una actividad en familia.

- Da el buen ejemplo y aliméntate también sanamente en presencia de tus pequeños.

¡RECUERDA QUE LA VARIEDAD ES IMPORTANTE!

Lista de introducción de alimentos

Frutas	Verduras	Cereales	Proteínas	Grasas
Arándanos	Acelgas	Amaranto	Alubias	Aceite de aguacate
Carambolo	Alcachofas	Arroz	Atún	Aceite de oliva
Cereza	Apio	Avena	Camarones	Aceitunas
Ciruela	Berenjena	Camote	Cangrejo	Ajonjolí
Dátiles	Betabel	Cebada	Cerdo	Chía
Durazno	Brócoli	Centeno	Edamame	Coco rallado
Frambuesas	Calabacita	Cuscús	Frijol	Crema de almendra
Fresas	Cebolla	Elote	Garbanzo	Crema de cacahuate
Granada	Champiñones	Maíz	Habas	Crema de coco
Guanábana	Chayote	Pan	Huevo	Crema de nuez de la India
Guayaba	Chícharos	Papa	Jocoque	Crema de pistache
Higo	Col	Pasta	Leche	Harina de almendra
Kiwi	Coliflor	Quinoa	Langosta	Harina de coco
Limón	Ejotes	Tapioca	Lentejas	Linaza
Lichi	Espárragos	Tortilla	Pavo	Semillas de cáñamo
Mamey	Espinacas	Trigo	Pescado	
Mandarina	Kale	Yuca	Pollo	
Mango	Jícama		Queso	
Manzana	Jitomate		Res	

Frutas	Verduras	Cereales	Proteínas	Grasas
Maracuyá	Lechuga		Tofu	
Melón	Nopales		Salmón	
Naranja	Pepino		Soya	
Nectarina	Pimiento		Yogur	
Papaya	Rábano			
Pera	Tomate verde			
Piña	Zanahoria			
Pitaya				
Plátano				
Sandía				
Tamarindo				
Toronja				
Uvas				
Zarzamoras				

Las respuestas a tus preguntas

¿Qué debo hacer si mi bebé no quiere comer?

No te preocupes. Los niños, así como los adultos, pueden tener "días libres". Si se rehúsan a comer ciertos alimentos, aléjalos, ofrece seno materno o fórmula e intenta nuevamente en la siguiente ocasión.

¿Los bebés necesitan fórmula de continuación?

No hay necesidad de utilizar fórmula de continuación si tus hijos tienen una alimentación balanceada con alimentos ricos en hierro. Continúa con seno materno o fórmula hasta el año.

¿El agua embotellada es adecuada para bebés?

No todas las aguas son adecuadas, algunas pueden contener demasiado sodio. Siempre revisa las etiquetas o utiliza aquellas específicas para bebés.

¿Mi bebé necesita suplementos vitamínicos?

Los bebés sanos que son alimentados con el seno materno o fórmula láctea, usualmente, no necesitan suplementos. Una buena dieta balanceada incluye una variedad de alimentos que proveen las vitaminas necesarias. Algunos pequeños alimentados con el seno materno pueden requerir suplementos de vitamina D. Siempre consulta a tu médico antes de utilizar cualquier medicamento.

Me preocupan los movimientos intestinales de mi bebé (cólicos). ¿Son normales?

Las evacuaciones son voluminosas, pero suaves.

Para evitar la constipación asegúrate de darle a tu bebé suficientes líquidos, además de los alimentos. El agua natural debe ser la bebida de preferencia para cualquier niño.

¿Se pueden meter al microondas los alimentos para el bebé?

El uso generalizado del horno de microondas para calentar alimentos para los bebés no es muy recomendable, ya que puede que no cocine ni caliente suficientemente el alimento o que presente zonas de sobrecalentamiento que pueden quemar la boca de tu bebé. Si se utiliza este tipo de hornos, el alimento de tu bebé debe ser correctamente calentado y cocinado. También deberá mezclarse adecuadamente y permitir que se enfríe hasta llegar a una temperatura segura por unos minutos antes de iniciar a comer.

Puntos clave

- Introduce alimentos diferentes a la leche a los 6 meses en aquellos bebés que se alimentan exclusivamente del seno, o a los 4 cuando toman fórmula.

- Siempre permanece cerca de tu bebé cuando se alimenta.

- Nunca pongas granos, cereales u otros alimentos en el biberón del bebé.
- Anima a tu bebé a beber de un vasito sin tapa, con dos agarraderas, desde los 6 meses. Los biberones deben dejarse después del año.

- La leche entera de vaca no es adecuada como bebida principal en niños menores de 1 año, ya que, según la Academia Americana de Pediatría (AAP), no suministra suficiente vitamina E, hierro y ácidos graos esenciales, además de que contiene altos niveles de proteínas, sodio y potasio que el organismo de tu bebé aún no puede manejar.
- Para el año de vida, tu bebé debe ser capaz de comer la mayoría de los alimentos que consume el resto de la familia, sólo con adecuaciones menores.

RECETARIO

Puré de papa y zanahoria

PARA BEBÉS A PARTIR DE 6 MESES

Ingredientes:

- 100 g de papa (pelada y sin zonas verdes).
- 1 zanahoria.
- 100 ml de leche materna o de fórmula.
- 1/2 cucharadita de aceite de oliva extra virgen.

Elaboración:

Previamente peladas y hervidas en agua sin sal o al vapor, ponemos la papa y la zanahoria en un tazón pequeño, triturándolas en 100 ml de leche. A esta papilla le incorporaremos 1 cucharadita de aceite de oliva virgen (de 3-5 ml). Se puede hacer más liquida agregándole leche o más espesa poniendo una cucharadita de cereal para bebé.

Puré de pollo y pera

PARA BEBÉS

Ingredientes:

- 1 papa.
- 1/2 calabacita.
- 1 pera.
- 1/2 pechuga de pollo.
- Caldo de verduras o agua.

Elaboración:

Pelamos la papa y la cortamos en trozos. Hacemos lo mismo con la calabacita y la pera. Los ponemos en un pocillo con caldo de verduras o con agua a cocer; una vez que empiece a hervir lo dejamos 10 minutos, momento en el que incorporamos la pechuga de pollo cortada en cubitos y dejamos cocinar otros tres minutos. Ponemos la mezcla en una licuadora con un poco del caldo de la cocción y trituramos hasta obtener la textura deseada.

Puré de chícharo y pollo

Ingredientes:

- 1 papa.
- 4 cucharadas de chícharos tiernos congelados.
- 1 trozo de pechuga de pollo.
- Aceite de oliva extra virgen, en crudo a la hora de servir.

Elaboración:

Pelamos la papa y la cortamos en trozos, luego los ponemos a hervir junto con los chícharos en una olla hasta que la papa esté tierna. Añadimos entonces el pollo en trozos y lo dejamos otros cinco minutos. Sacamos y ponemos en una licuadora junto con un poco del agua de la cocción. Trituramos bien y recuerda añadir un poco de aceite de oliva justo antes de dárselo al bebé.

Puré de plátano y aguacate

Ingredientes:

- 1 plátano.
- 1/2 aguacate.

Elaboración:

Pelamos el plátano, lo cortamos en trozos y lo ponemos en la licuadora junto con medio aguacate pelado y sin hueso. Trituramos bien y servimos.

Puré de pollo, verduras y arroz

Ingredientes:

- 1 tomate.
- 2 zanahorias.
- 1 calabacita.
- 60 g de pechuga de pollo.
- Dos puñaditos de arroz.

Elaboración:

Pelamos las verduras, las cortamos en trozos y las ponemos a cocer junto con el arroz en una olla con agua. Cuando estén cocinadas añadimos los trozos de pechuga de pollo y dejamos que se cueza por 5 minutos. Escurrimos y trituramos con un poco de agua de la cocción.

Puré de espinacas y papa

Ingredientes:

- 1 papa mediana.
- 60 g de hojas de espinacas.
- Aceite de oliva extra virgen.

Elaboración:

Ponemos la papa en trozos en una cazuela con un poco de aceite de oliva, cubrimos con agua y dejamos cocinar hasta que la papa esté blanda. Después incorporamos las hojas de espinacas bien lavadas y cocinamos unos 3 o 4 minutos.

Ya solamente queda triturar hasta obtener la textura que le guste a tu hijo, y que no se te olvide poner un chorrito de aceite de oliva extra virgen al puré antes de servirlo.

Puré de calabaza, papa y zanahoria

Ingredientes:

- 1 papa pequeña.
- 2 zanahorias.
- 1 trozo de calabaza.
- 1 chorrito de aceite de oliva virgen extra.

Elaboración:

Pelamos la papa y cortamos en trozos. Hacemos lo mismo con la zanahoria y la calabaza. Ponemos todo en un pocillo con agua, en el fuego, hasta que estén blandos. Ponemos en la licuadora la calabaza, la papa y la zanahoria junto con un par de cucharadas del agua de la cocción y licuamos muy bien. Ya sólo nos queda añadir un chorrito de aceite de oliva extra virgen en la ración que vayamos a darle al peque.

Puré de calabacita

Ingredientes:

- 400 g de calabacitas.
- 200 g de papas.
- 1 cebolla pequeña.
- 1 diente de ajo.
- 1 zanahoria.
- Aceite de oliva.

Elaboración:

Cortamos la cebolla en tiras finas y la sofreímos en una sartén con un poco de aceite de oliva y el diente de ajo pelado. Cuando esté dorada la cebolla, añadimos la papa, las calabacitas y las zanahorias cortadas en rodajas. Sofreímos ligeramente con la cebolla y cubrimos de agua con una pizca de sal.

Cuando esté cocida la papa (unos 40 minutos en hervor bajo y continuo) trituramos en la licuadora. Volvemos a la cazuela y calentamos para poner el punto de sal (en caso de bebés más pequeños, evitar su uso). Antes de servir añadimos 1 cucharada de aceite de oliva extra virgen y mezclamos para que el puré se impregne con el sabor y aroma del aceite.

Papilla de frutas

MANGO, MANZANA Y ZANAHORIA

Ingredientes:

- 1 mango.
- 1 manzana.
- 1 zanahoria.

Elaboración:

Pelamos la manzana, el mango y la zanahoria. Las cortamos en trozos que se pondrán en una licuadora y trituramos. Servimos inmediatamente.

Papilla de pescado con verduras

Ingredientes:

- 1 filete de pescado sin espinas.
- 1 cebollín.
- 2 zanahorias.
- 1 papa.

Elaboración:

Pelamos y cortamos las verduras en trozos. Las ponemos a cocer en agua junto con el filete de pescado hasta que las papas estén cocidas. Escurrimos las papas, la zanahoria y la cebolla para poner en la licuadora junto con un poco del agua de la cocción. Añadiremos el pescado después de limpiar muy bien con las manos, removiendo cualquier espina. Licuamos hasta obtener la textura deseada. Añadimos un poco de aceite de oliva extra virgen a la ración que se vaya a tomar y el resto lo congelamos.

Puré de res, verduras y pasta

Ingredientes:

- 2 zanahorias.
- 1 trozo de calabaza.
- 2 filetes de carne de res magra.
- 2 puñaditos de pasta (estrellitas).
- Aceite de oliva extra virgen.

Elaboración:

Lavamos, pelamos y cortamos las verduras en trozos. Las ponemos a cocer con un poco de agua. Cuando lleven 5 minutos incorporamos la pasta; pasados 10 minutos añadimos la carne en trozos, que le hemos limpiado muy bien la grasa. Cuando esté cocida licuamos todo hasta obtener la consistencia deseada. Ya sólo queda añadir un poco de aceite de oliva extra virgen en el momento de consumir.

Puedes ir preparando la comida no tan fina como al principio, así, poco a poco, el bebé se va acostumbrando a otras texturas.

Puré de coliflor y zanahoria

Ingredientes:

- 60 g de coliflor.
- 60 g de zanahoria.
- Leche de continuación.

Elaboración:

Para empezar, pondremos a cocer las verduras cortadas en cubos durante 10 o 15 minutos aproximadamente. A continuación, escurrir y batir el puré obtenido con un poco de agua hirviendo. Por último, mezclar con un poco de leche para obtener un puré homogéneo.

Puré de zanahorias con queso fresco

Ingredientes:

- 3 zanahorias pequeñas.
- 400 ml de caldo vegetal.
- 1 cucharada de puré de tomate.
- 160 g de queso fresco.
- 2 hojas de albahaca.

Elaboración:

Para empezar, se raspan las zanahorias, se lavan y se cortan en rodajas finas para poner en un cazo con aproximadamente 400 ml de caldo vegetal. Añadiremos una cucharada de puré de tomate y cocemos con el cazo tapado, a fuego lento, durante unos 20 minutos aproximadamente. Una vez finalizada la cocción, escurrimos las zanahorias y las colocaremos en un bol. Después, aplastaremos las zanahorias con un tenedor hasta obtener un puré para añadir el queso y mezclamos bien. Por último, picamos las hojas de albahaca y las añadimos al puré.

Puré de papas con carne

Ingredientes:

- 400 ml de agua.
- 100 g de papas.
- 40-50 g de carne magra de res.
- 20 g de harina.
- 1 cucharadita de aceite de oliva.

Elaboración:

Una vez lavadas, se cortan en trozos las verduras y se introducen en una cacerola junto con el agua para cocer. Cuando ya estén cocidas, se separan del caldo. Se cuece al vapor la carne, que trituraremos una vez finalizada la cocción. En 150-180 ml del caldo vegetal obtenido añadiremos lentamente la harina, sin dejar de remover con un tenedor para evitar la formación de grumos. Añadimos la carne triturada, las verduras hechas puré y la cucharadita de aceite de oliva.

Puré de tomate y maíz

Ingredientes:

- 200 ml de agua.
- 50 g de tomates maduros pelados.
- 3 cucharadas de crema de maíz instantánea.
- 1 cucharadita de aceite de oliva.

Elaboración:

Primero, introducir los tomates pelados en el agua, y cuando ésta empiece a hervir, añadimos la crema de maíz instantánea. Hay que mantener la mezcla en movimiento para evitar la formación de grumos. Retiramos del fuego y al final se incorpora el aceite de oliva y está listo para servir.

Sémola de arroz con brócoli

Ingredientes:

- 100 g de brócoli.
- 30 g de sémola de arroz.
- 10 g de queso parmesano rallado.
- 1 cucharita de aceite de oliva.

Elaboración:

Se pone a cocer el brócoli, previamente lavado, en agua hirviendo con un poco de sal durante 20 minutos, aproximadamente. A continuación, escurrimos y servimos en el plato del bebé. Conserva el agua de la cocción. Enseguida se aplasta el brócoli con un tenedor hasta obtener un puré o la consistencia que agrade a tu bebe. Se vuelve a llevar a ebullición el agua de la cocción y vertimos lentamente la sémola de arroz; mezclamos bien con una cuchara de madera para evitar la formación de grumos y se deja cocer a fuego lento durante 2-3 minutos, sin dejar de revolver. Cuando esté lista, se añade al plato de puré de brócoli. Para finalizar, se espolvorea el plato de sémola de arroz y brócoli con el queso parmesano rallado y una cucharadita de aceite de oliva.

Puré de pescado con verduras

Ingredientes:

- 1 filete de pescado.
- 1 papa.
- 1/2 zanahoria.
- 1 tallo de apio.
- 2 tomates maduros.
- 1 cucharada de aceite de oliva.
- Unas gotitas de limón.

Elaboración:

Primero se ponen a cocer las verduras en una cacerola junto con el pescado. Después hay que colar las verduras y el pescado y triturar en una licuadora hasta lograr consistencia deseada. Por último, añadir las gotitas de limón y un poquito de aceite de oliva.

Peras a la vainilla

Ingredientes:

- 1 pera madura.
- Un trocito de vainilla.
- 1 cucharada de agua.

Elaboración:

Lavar y pelar la pera. Cortarla en cuatro trozos e introducirla en una cacerola con una cucharada de agua y el trocito de vainilla. Cocer a fuego lento durante unos 20 minutos. Finalizada la cocción, triturar la fruta y servir tibia.

Plátano con jugo de naranja

Ingredientes:

- 150 g de plátano.
- 300 ml de jugo natural a elegir (naranja o mandarina).

Elaboración:

Primero hay que pelar y cortar en trozos el plátano. A continuación, introducirlo en la batidora junto con el jugo. Servir inmediatamente.

Papilla dulce de frutas

Ingredientes:

- 200 ml de leche de continuación.
- 15 g de maicena.
- 1/2 frasquito de papilla de frutas comercial (o la misma cantidad de papilla de frutas si la quieres hacer en casa).

Elaboración:

Primero hay que calentar la leche de continuación y añadir la maicena, moviendo con cuidado para que no se formen grumos. A continuación, se saca la leche del fuego, se deja enfriar y, cuando esté tibia, añadimos la papilla de fruta.

Pollo salteado con arroz

Ingredientes:

- 50 g de arroz.
- 2 cucharaditas de aceite de oliva.
- 1 pechuga de pollo pequeña.
- 1/2 tallo de apio picado finamente.
- 2 cucharadas de caldo de pollo.
- 200 ml de jugo de manzana.

Elaboración:

Cocer el arroz durante unos 35 minutos. Calentar el aceite, añadir la pechuga de pollo (deshuesada, pelada y cortada en tiras finas) y saltear a fuego moderado durante unos 2 minutos. Añadir el apio y saltear durante otros 5-7 minutos, hasta que el pollo esté blando. Escurrir el arroz y añadirlo al pollo y al zumo de manzana. Saltear durante otros 2 minutos y, si el niño aún no come trocitos, reducir a puré en una licuadora, añadiendo un poco de caldo para obtener la consistencia deseada.

Pollo con calabacitas y sémola

Ingredientes:

- 1 cebolla pequeña.
- 1/2 calabacita.
- 1/2 manojo de lechuga.
- 2 cucharadas de sémola.
- 40 g de pechuga de pollo asada.
- Un ramito de perejil.
- 1 cucharada de aceite de oliva.

Elaboración:

Primero hay que pelar la cebolla, lavar bien la calabacita y la lechuga y cortarlas en dos pedazos para ponerlos a cocer en un litro de agua durante unos 8 minutos aproximadamente. Verter lentamente en el recipiente de cocción la sémola y dejar cocer durante unos 10 minutos, sin dejar de remover para evitar la formación de grumos. Enseguida se añade la pechuga de pollo para triturar hasta la consistencia deseada. Para finalizar, antes de servir, hay que añadir el aceite de oliva y el perejil.

Arroz con pescado

Ingredientes:

- 250 ml de caldo de sopa de verduras.
- 1 filete de pescado.
- 4 cucharadas de arroz.
- 1 cucharadita de aceite de oliva.

Elaboración:

Primero habrá que limpiar el pescado y cocerlo al vapor durante 15 minutos; una vez listo hay que pasarlo por la trituradora, llevar el caldo de verduras a hervir e incorporar el arroz. Deja que se cueza y condimenta con aceite. Para finalizar se mezcla pescado con arroz y estará listo.

Hamburguesa de salmón para bebés

Ingredientes:

- 600 g de salmón sin piel ni espinas.
- 2 yemas de huevo.
- 200 ml de nata líquida.
- Un chorrito de aceite de oliva.

Elaboración:

Lava el salmón y quita la piel y las espinas. Sécalo con un papel absorbente hasta que quede sin agua. Corta el salmón en cubos y pícalo con la batidora. Añade las yemas de huevo y tritura de nuevo. Poco a poco vamos echando la nata mientras trituramos. Corta una hoja de papel de horno en cuatro partes iguales. Pon una cucharada de la mezcla de salmón encima de cada trozo de papel y aplana un poco hasta que tenga forma de hamburguesa. Mételas al refrigerador un par de horas, pues tienen que estar frías cuando las hagas o se desparramarán en la sartén. Cuando vayas a hacer las hamburguesas utiliza una sartén antiadherente, a fuego medio-alto, con un chorrito de aceite de oliva. Pon las hamburguesas en la sartén de manera que el papel de horno quede en la parte superior. Retiramos el papel y cocinamos las hamburguesas unos 3 minutos por cada lado. Cuando estén templadas ponlas en un plato para tu bebé y, ¡disfruten!

Albóndigas de pollo

Ingredientes:

- 80 g de zanahoria.
- 80 g de cebolla.
- 1 diente de ajo.
- 100 g de pan molido.
- 400 g de carne picada de pollo.
- 200 g de calabaza.
- 200 g de papa.
- 2 cucharadas soperas de yogur natural sin azúcar.
- Un poco de harina o maicena.
- Un chorrito de aceite de oliva virgen.

Elaboración:

Lava y pela la papa y la calabaza. Córtalas en cubos de un par de centímetros y resérvalas aparte. Lava y corta en trozos la zanahoria, la cebolla y el diente de ajo y pásalos por la picadora o la licuadora hasta que queden muy triturados. En un molde grande echa las verduras picadas, la carne picada de pollo, el pan rallado y el yogur. Mezcla todo bien hasta que esté completamente integrado.

Pon un poco de harina o maicena en un plato plano. Haz bolas pequeñas con la mezcla usando las manos y luego cúbrelas con la harina. Déjalas en un plato, a la espera de la cazuela. Pon una cazuela mediana a fuego medio, añade un chorro de aceite de oliva y cuando esté caliente echa las albóndigas; remuévelas con cuidado cuando estén doradas por fuera. Ahora echa los cubos de papa y zanahoria junto con las albóndigas y fríelas un minuto. Añade agua o caldo de verduras sin sal a la cazuela hasta cubrir las albóndigas. Cuece durante 15 minutos a fuego medio, removiendo suavemente de vez en cuando para que no se peguen los ingredientes. El guiso estará listo cuando la papa y la calabaza estén suaves. Espera a que esté tibio para servirlo a tu bebé; los más grandes pueden comerlo así y para los pequeños puedes machacar las papas, la calabaza y las albóndigas, junto con el caldo, usando un tenedor.

Puré de calabaza

Ingredientes:

- 1 kilo de calabaza o chilacayote.
- 100 g de margarina.
- 1 cebolla tierna (cebollín).
- ½ litro de agua.
- 4 cucharadas de harina.
- ¼ litro de leche.
- 1 yema de huevo.
- Sal.
- Una pizca de pimienta blanca.

Elaboración:

Pelamos y cortamos la calabaza en trozos. Derretimos la mitad de la margarina en una cazuela y freímos en ella la calabaza y la cebolla cortada en tiras durante unos 10 minutos. Añadimos el agua y dejamos que hierva hasta que la calabaza esté tierna. Dejamos enfriar ligeramente y licuamos ligeramente con un poco de leche. Derretimos el resto de la margarina y mezclamos con la harina hasta formar un líquido espeso. Cocemos durante 1 minuto y añadimos la calabaza triturada. Añadimos el resto de la leche poco a poco y dejamos hervir a fuego bajo durante 10 minutos. Justo antes de servir añadimos la yema del huevo y movemos enérgicamente para refinar el sabor de la crema y colocamos la cazuela en el fuego, sin dejar que vuelva a hervir para evitar que cuaje la yema.

Puré de berenjena y tomate

Ingredientes:

- 1 berenjena mediana.
- 1 cebolla tierna (cebollín).
- 2 tomates pequeños.
- 2 cubos de queso fresco.
- 1/2 cucharadita de orégano.
- Aceite de oliva extra virgen.

Elaboración:

Ponemos en una sartén un poco de aceite de oliva extra virgen y sofreímos la cebolla picada; cuando comience a dorarse agregamos los tomates por un par de minutos. Incorporamos la berenjena cortada en cubitos, freímos un poco y añadimos 200 ml de agua. Tapamos y dejamos cocinar a fuego bajo durante unos 10 minutos. Ponemos todo en la licuadora junto con el queso y una pizca de orégano, licuamos bien y ya sólo nos queda servir con un chorrito de aceite de oliva extra virgen por encima.

Puré de chilacayotes con requesón

Ingredientes:

- 5 chilacayotes (250 g).
- 2-3 cucharadas de requesón.
- 2 cucharadas de aceite.

Elaboración:

Primero se envuelven los chilacayotes con papel aluminio y se cocinan en el horno por 20 minutos a 180 oC. A continuación, se retira el papel aluminio, se cortan los chilacayotes en cubos y se fríen ligeramente en un sartén con aceite. A los niños más grandes se les pueden servir con requesón directamente; para los pequeños podemos agregar los chilacayotes junto con el requesón a una licuadora y triturar hasta lograr la consistencia adecuada.

CPSIA information can be obtained
at www.ICGtesting.com
Printed in the USA
LVHW071921051222
734629LV00024B/1591

9 781637 653395